KB107910

고향의 봄 2

고향의 봄 2

발행일 2017년 3월 6일

지은이 박 효 빈
펴낸이 손 형 국
펴낸곳 (주)북랩
편집인 선일영 편집 이종무, 권유선, 송재병, 최예은
디자인 이현수, 이정아, 김민하, 한수희 제작 박기성, 황동현, 구성우
마케팅 김회란, 박진관
출판등록 2004. 12. 1(제2012-000051호)
주소 서울시 금천구 가산디지털 1로 168, 우림라이온스밸리 B동 B113, 114호
홈페이지 www.book.co.kr
전화번호 (02)2026-5777 팩스 (02)2026-5747

ISBN 979-11-5987-457-4 04810 (종이책) 979-11-5987-458-1 05810 (전자책)
979-11-5987-459-8 04810 (세트)

이 도서의 국립중앙도서관 출판예정도서목록(CIP)은 서지정보유통지원시스템 홈페이지(http://seoji.nl.go.kr)와 국가자료공동목록시스템(http://www.nl.go.kr/kolisnet)에서 이용하실 수 있습니다.
(CIP제어번호: CIP2017005626)

고향의 봄 2

박효빈 시집

북랩book Lab

가훈

정직

성실

사랑

소년은 다시 오지 아니하니 시간을 아껴라.

귀한 선물

이 세상 올 때
맨 처음
아빠가 주신 귀한 선물
내 이름 석 자
"박 효 빈"
이 세상 하직하고
가는 날 까지
쓰고 쓰고 또 써도
닳지도 변하지도 않는
귀중한 선물이다.

책머리

비 갠 낮 무지개처럼

잡힐 듯 먼 무지개처럼

길고 짧은 인생살이

무지갯빛 세월들 엮어

한 폭의 그림으로

남기려 합니다.

2017년 3월

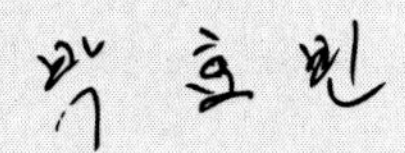

목차

새해

한 해가 가고
또 한 해가 다가오는
새로운 한 해를
선물로 받았다

새해 첫 날은
새 출발로 시작한다

자연과 모든 사람과
더불어 사랑하고 협력하여
승리의 한 해가 되길 기원하며
낯설지 않은
새로운 길을
열심히 가고 있다

잃어버린 꿈

밀리고 밀리는

전쟁 속에서

피난 보따리 속에

묶여 버린 나의 꿈

어언 세월 지나고 지나

무심한 세월 속에

묻혀 버리고 만 꿈

잃어버린 꿈 조각 찾아

펜을 들어 본다

봄 편지 (2)

봄을 기다리는 마음

하얀 종이 위에 몇 자 적어

종이비행기 접어

남쪽 하늘로 가는 바람에

실어 보내면

파아란 바람에

예쁜 꽃향기

제비 등에

나비 등에

실어 오겠지

아지랑이 피는 들판에

종달이 노래 들려 오겠지

학교 종

학교 종이 땡 땡 땡…

빨리빨리 모이라고

땡 땡 땡…

늦었다고 땡 땡 땡…

머리가 하늘에 닿을 듯

뛰고 또 뛰어보니

가슴이 콩 콩 콩

어휴

늦지는 않았다

2002 월드컵

천지를 뒤흔들었던 한반도
"오~ 필승 코리아"
"대한민국"
하늘이 땅이 태극기로 물결쳤고
외국인들도 혼이 빠져
"오~ 필승 코리아"
"대한민국"을 함께 했던
2002 월드컵 4강 진출
3·1 운동 선열들의 한을
하늘에 땅에
전 세계에 다 풀어
"오~ 필승 코리아"
"대한민국"
외치고 또 외쳤다

할미꽃

아들 딸 열 자식
먹이고 입히고
공부시키고
마음 주고 사랑 주고
주고 주고 다 주고
뒷동산
잔디 무덤으로 돌아가
못내 아쉬운 마음
할미꽃으로 피어
아들 딸 잘 되라고
빌고 비는 할미꽃

겨울 딸기

한겨울 눈 속에서도
온실 안의 딸기는
아이 더워 더워
속삭임 속에
빠알갛게 익어버린
딸기 얼굴
수줍어 수줍어 머리 숙이고
비닐 포장 속에서
살그머니 바깥 구경하네

고향 가는 길

송아지도 엄마 찾는
고향 집에 가는 길
눈이 온다 못 가겠소
차 막힌다 못 가겠소
총총 별 쏟아지는
초가지붕 아래
엄마 일손 바쁘고
마당가에 뛰어나와 반기는
누렁이 검둥이
마음은 먼저
고향 집에 가 있는 걸…

병아리들의 소풍

개나리꽃 닮은

노오란 병아리들

봄볕이 따스한 오후의 한낮

종 종 종 삐악삐악

소풍을 간다

엄마 닭 꼬꼬꼬

혼자 가면 안 된다고

꼬꼬꼬

파란 하늘 흰 구름 동동

물 한 모금 먹고

하늘 한 번 쳐다보고

맨발바닥 간지러워

종 종 종 삐악삐악

소풍을 간다

징검다리

징검다리 돌다리
한 번 깡충 두 번 깡충
깡충깡충 다 건너면
깡충깡충 되돌아와
맑은 물에 손 씻고 세수하고
하늘 쳐다보면
파아란 하늘엔
흰 구름 흐르고
돌다리 사이로 흐르는 물소리
돌 돌 돌
귓가에 맴을 돕니다

제비

그 무슨 인연이기에
아무런 약속도 한 일 없는데
해마다 봄이 오면
제비 한 쌍 찾아들어
대들보 복판에 둥지 짓고
알 낳아 새끼 잘 키우고
아무 때나 드나들며
떠들어 대도
밉지도 싫지도 않다
시집 보낸 딸같이
이듬해 봄이 오면
다시 오길 기다려지는
참 이상한 인연이다

봄길

민들레가 피고
냉이꽃 피는 봄 길 위에
아가는 엄마 손잡고
걸음마 연습
봄나들이하네

엄마 엄마 이리와
요것 보세요
병아리 떼 뿅 뿅 뿅
놀고 간 뒤에
미나리 파아란 싹이
돋아났어요

하나둘 하나둘
걸음마 연습
까치는 잘한다
박수 쳐 주네

세상 사는 이야기

젊은이들 모두
직업 따라 학교 따라
도회지에 나갔고
노인들만이 평생을 지켜온
텃밭에 채소 가꾸어
시장길 옆에 줄이어
채소밭이 옮기어진다
오이 가지 호박잎 사면서
세상 이야기도 듣는다
아들이 고시공부 팔 년 해도 안 되어
45세에 결혼을 했다는 이야기
아이가 없어서 걱정이란 이야기

또 다른 할머니는 아이를
셋이나 두고 아이 엄마가
철새처럼 날아갔다는 이야기
이렇게 세상 사는 이야기들로
할머니들의 주름살은
하나둘 늘어만 간다

우리는 하나

백두에서 한라까지
한반도 한겨레
북한 남한 모두가
단군의 자손
우리는 하나

백두산
금강산
한라산
우리의 강산
그 누가 뭐래도
단군의 자손
우리는 하나

학교 길

학교 길 오 리 길
한참 뛰어가다간
오리나무 밑에서
쉬어 가는 길
눈 오는 날엔
운동화 발자욱 남기고
비 오는 날엔
우산 속의 이야기
학교 길 오 리 길
할아버지 장날
고등어 사 들고
오시는 길

개구리

해지고 어둠이 내리는

한여름 밤

반딧불 여기저기

불빛 비치고

무슨 할 일이 그리도 많아

개구리들 모두 모여

토론하느라

밤새워 와글와글

일기 예보

청개구리 파아란

나뭇잎 속에 숨어 앉아

비 온다고 개골개골

비 지나고 난 뒤 쓰르람

쓰르 쓰르 쓰르람

참매미 매암 매암 매~암

날 갠다고

매암 매암 매~~~암

채송화

햇볕이 따뜻한 오후의 한낮
아롱다롱
색동옷 입은 채송화
옹기종기 모여 앉아
노래자랑 한창
"햇볕은 쨍쨍
모래알은 반짝
조약돌로 소반 짓고
모래알로 밥해놓고
엄마 아빠 모셔다가
맛있게도 냠냠"

추억 속으로

봇도랑 뚝에 그 많던 싱아

학교 끝나면 누가 먼저 가나

달려가던 동무들

싱아대 한 줌 꺾어 들고

새콤새콤한 싱아 맛

서로 얼굴 쳐다보며

두 눈이 꼭꼭

봇도랑 물따라 흘러간 추억들

지금도 생각하면

새콤새콤 싱아맛

입 안에 한가득

끼리끼리

수많은 사람들
사람들 끼리끼리

산에는 나무들
나무들 끼리끼리

바닷가에는 모래알들
모래알들 끼리끼리

저들만이 아는 이야기
끼리끼리의 이야기들

아름다운 날들의 추억

빨강 노랑 파랑
꿈을 담은 풍선
긴 끈에 매어
잔디 언덕에 올라
하늘 높이 높이 올린다
풍선 따라 뛰어다니며

날아라 새들아 푸른 하늘을
달려라 냇물아 푸른 벌판을
오월은 푸르구나
우리들은 자란다
오늘은 어린이날 우리들 세상

꿈같이 가 버린
어린이날의 추억들

고향길

논밭 길을 지나

징검다리 돌다리 건너

산모퉁이 돌아들면

옹기종기 정다운 고향 마을

부모 형제

따뜻한 사랑의 온기

나를 감싸네

돌아가고 싶은 날들

희망으로 바라보고 온

날들이건만

뒤돌아보면 아쉽기만 한 것

다시 돌아갈 수만 있다면

무엇이든 다 잘할 것만 같은데

인생은 미완성이기에

채워도 채워도

부족하기만 한 것은

어쩔 수 없는 것인가 보다

구구새

구구구~구구구
봄날의 긴 긴 해
하루해가 다지도록
무슨 구구 사연 그리 많아
종일토록
구구구~구구구
너의 설움 잠재우려
산골짜기 안개구름
일찍이 어둠이 내리네

할아버지의 추억

색동옷 때때옷 입고
할아버지 손 꼬옥 잡아 드리며
오래오래 사세요
하고 세배드리면
착하고 바르게 잘 크라고
머리 쓰다듬어 주시며
세뱃돈 주시지요
염랑 주머니에 꼬옥 간직했다가
할아버지 알사탕 사다 드리면
환하게 웃으시며 기뻐하시던
그 추억이 아련히 떠오릅니다
여자도 공부를 잘해야
훗날 훌륭한 사람이 된다 하시며
무릎 위에 앉혀 놓으시고
천자문을 가르쳐 주셨지요
글씨는 잊었어도
그 기억만은 아련히 떠오릅니다

시간

빨리빨리 가기만 하는 시간
개나리 동백꽃 만발한
삼월의 봄날
뒤돌아보다 계산을 잃었나
다시 흰 눈발을 날려 보는
심술궂은 봄 날씨
아쉬움인가 치매인가
그래도 꽃들은 피고
새싹들은 솟아나는데

밤 벚꽃

밤 벚꽃 하늘 가득

달빛 속에 더욱 환한 꽃 하늘

시끌버끌 세상 속

사람이 아닌

꽃을 보다 꽃 마음 닮은

내 마음 꽃 마음

영원히 변치 않는

꽃이 되고픈 마음

내 마음

산울림 친구

동산에 올라
머언 산 향해 야~호
산 넘어 친구가 야~호

친구야 놀자 하면
친구야 놀자

사랑한다 하면
사랑한다

하는 대로 흉내 내는
얄미운 친구

너와 내가 볼 수 없는
산울림 친구

꿈

꿈이 무엇인지도 모르던

어린 시절…

푸른 하늘 높이 높이

날아 오르고

새들과 같이

나무 위에서 놀다가

떨어져 깜짝 깨고 보면

꿈이였지요

몇 번을 떨어지고 깨이고

하다 보니 어느새

훌쩍 커버렸지요

십자가

노을이 물든 하늘가

높이 솟은 철탑 위 십자가

비둘기 무리 지어 날며

아름다운 그림으로

아름다운 화음으로

우우우~ 우우우~ 우

평화의 메세지를 전한다

조약돌

바닷물이 밀려오고
밀려가는 바닷가에
수많은 조약돌
그중에 하나
집어 데리고 집에 와 보니
바다가 고향인
네 모습 안쓰러워
예쁜 글씨로
몇 자 적어준다

'내 귀는 소라 껍질
바닷소리 귀 기울이오'

천국의 계단

보이지도 잡히지도 않는 나이
빨리빨리 나이 먹고파서
설날을 손꼽아 기다리던
열 살 내 나이…

꿈 많던 스무 살 땐
이 세상 끝까지라도
달리고 싶었지

왠지 서른 살 땐
가는 세월이 미워져 미워져
자꾸만 미워져 버렸지

마흔 살 땐 아쉬움에
뒤돌아보는 나이
서른 살만 되었어도 좋겠다

달려가듯 가 버린

오십 살 나이

마흔 살만 되었어도 좋겠다

되돌아갈 수 없는 나이

세월이 스치고 지나

나이테만 천국의 계단에

차곡히 쌓여질 뿐…

아카시아 꽃향기

산 너머에서
동구 밖에서
안갯속에 피어오는
아카시아 꽃향기
향기만 말고
꽃도 한 송이 가져왔으면
꽃밭에 놓아두고
오래오래
향기에 취해 볼 것을…

뱃놀이

연못 연꽃잎 위에
청개구리 한 마리
동실동실 뱃놀이할 제
바람은
살랑살랑
노오 저어 주네

백로

봄날 오후의 한낮
걷을 것도 없이
헌칠한 두 다리
냇물에 담그고
머언 산 바라보며
흰 날개를 펼쳐
시원히 부채질하는
백로 한 마리
너는 아마도
옛 조상들이
선비였나 보다

시장 가는 길

시장 가는 길

꽃집 앞을 지나노라면

나도 몰래 발이 멈추고

꽃집에 들러 꽃 구경 하다가

꽃만 잔뜩 사 가지고 왔다네

집안 가득 꽃으로 채워 놓고

보고 보고 또 봐도

자꾸자꾸 보고파지네

로또 복권

IMF 금 모으기로

겨우 벗어나

태풍 루사에 휩쓸린 상처

치유되지 못한 채

로또 복권 열풍은

웬 말인고

아뿔사…

온 국민의 이 열병을

어찌 치유할 것인고

선인장 삼 형제

혼자는 외로울까 봐
얼굴이 빨강, 노랑, 분홍색
선인장 삼 형제
한데 모아 심어 주었더니
서로서로 얼굴 맞대고
무슨 얘기 했는지
알 수는 없어도
아무도 모르게 모르게
재미있는 이야기
흉보는 이야기도
했을 것 같다

미완성

인생은 미완성
누구나 미완성
인생살이 긴 여행길 가는 동안
만나는 사람 모두가
스승인 걸…
서로서로 배우고
서로서로 채우고
평생을 채우고 채워도
부족한 것뿐
인생은 미완성…

전쟁과 평화

죽고 죽이는 전쟁
이기는 편도 지는 편도
상처만 남기는 전쟁

따뜻한 가슴 가슴
모두의 마음 밭에
사랑의 꽃씨를 심고 심어

온 세상
아름다운 사랑의 꽃을 피워
누구에게나 기쁨 주고 사랑 주고
억만 대를 살아갈
평화로운 이 세상

먼 나라
이웃 나라
이웃 사촌으로 살아가세

앵두

앵두가 빠알갛게 익은 어느 날
예쁜 새 두 마리 날아들어
앵두를 쪼아 먹으며
부르는 노래
예쁜 노래
고운 노래
앵두는 다 먹어도 좋으리니
예쁜 노래
고운 노래
날마다 들려 주려무나

비원

- 고궁을 돌아보며

이 씨 조선 오백 년

역사가 깃들인 궁궐 비원

모진 풍파 겪어온 나무들만이

말없이 서 있을 뿐

긴 긴 세월 가는 동안

속은 다 비었고

늘어진 가지마다

받침대로 부축 받고는

오롯이 푸른 선비 정신으로

궁궐터를 지키는

푸른 향나무

분꽃

무지갯빛 오색 분꽃

향기 맡으며

분꽃 피리 불어

친구 불러 놓고

하얀 분가루 가득한

까만 분 씨 깨어

분단장하고

노래 불러본다.

"친구야 친구야

너는 내 친구

나는 네 친구

우리는 영원한

친구야 친구"

동무 생각

동무 동무 내 동무
제일 예쁘고 얌전한 내 동무
막대 사탕 입에 물고
얼굴 부비던 어깨동무 내 동무
전쟁이 몇 굽이 지나고 난 뒤
다 흩어지고 만 동무들
지금은 어느 하늘 아래서
아들딸 낳아
시집보내고 장가보내고
나와 같은 생각 하고 있겠지
밤하늘에 제일 큰 별들
하나씩 이름 붙여 불러 본다
부디부디 잘 살라고
행복하라고
손 꼭 잡아 주고 싶은 내 동무

도자기 축제

- 이천 도자기 축제에서

대자연의 아름다움
예술인의 혼이
담긴 도자기

보는 사람
만든 사람
쓰는 사람

대자연의 숨결이
살아 숨쉬는
혼이 담긴 도자기

놀라운 고귀한
예술품들이다

찻집 아저씨

숲 속 언덕 위에 찻집
옛 물건들이 모여 있는
박물관 찻집 아저씨
싱글싱글
옛 모습 담기도 하고
때론 웃기는 이야기로
차 마시는 시간에
어울리기도 한다
오미자차 맛에 여운이 남아
돌아올 땐 안녕이란 말 대신
돈 많이 버세요
하고 돌아보면
감사합니다 하며
싱글싱글 웃어주는
찻집 아저씨

원두막

바람이 술술 지나는 원두막

잘 익은 수박 한 통

주먹으로 탁 깨면

까만 씨 콕콕 박힌

빠알간 수박 살

지나는 구름

끼웃 엿보고

바람은 껄껄

웃으며 지나네

여름밤

조용히 잠든 나뭇잎들
단꿈을 깨일까 봐
바람도 숨을 죽이는 한여름 밤
귓가에 들려오는
풀벌레들 소리
반딧불 날아가는 곳으로
조용히 따라가 보면
풀벌레들 노래하는 풀숲
행여 방해될까 봐 뒤돌아오면
기우는 달빛에
키가 훌쩍 커 버린 그림자
어서 따라오라며
저만치 앞서 가네

동해 바다

파도가 밀려오고 밀려간
바닷가에
수많은 사람이
남기고 간 발자욱
바다는 파도 소리로
하늘을 부른다
하늘과 바다 사이
너무 멀어
하늘은 갈매기를 통해
이야기를 한다
파도는 갈매기
노랫소리에 잠을 잔다

방랑자

끝없는 파아란 하늘의

방랑자 흰 구름

하얀 비단 너울 쓰고

물소리 새 소리 따라

오늘은 이곳

내일은 저곳

아름다운 이 세상

어디든 구경하며

여비 걱정 없이도

잘도 다니는

끝없는 파아란 하늘의

방랑자 흰 구름

성형수술

눈 쌍꺼풀
코 높여 미인 되려 했건만
눈딱부리 싸납고
콧대 높아 고집스러워 보이니
이를 어찌하면 좋을꼬
돌이킬 수 없는 이 일을
엄마 닮아 얼룩 송아지
예쁘지 아니한가요

죄와 벌

죄지으면 지옥 간다 하지만
지옥도 쉽게 갈 수 없는 것을
살아가는 동안
죗값을 다 치르고도
그 영혼 마지막에
뱀과 버러지의 허물을 쓰고
사람들의 외면 받고
벗으려야 벗을 수 없는
배로 기어 다니는
영원한 형벌

할미새

물가 바위 위에

외로운 할미새 한 마리

가족들은 다 어디에 있기에

물에 비친 제 모습 바라보며

홀로 우는 할미새

물소리에 잠이 들어

흘러간 추억들을

꿈꾸곤 한다

오늘 하루

오늘 하루 나는

바람이 되고

산이 되고

물이 되어 보련다

물고기들 따라 뛰어도 보고

새 소리 매미 소리

무슨 소리인지는 몰라도

그저 내 마음에 좋으니

좋다는 이야기인가 보다

산기슭에 칡꽃, 싸리꽃, 으아리꽃

두 팔 벌려 어깨동무하고

새 소리 물소리 따라

꽃은 피어나고

새들은 꽃이 좋아 노래하네

오늘 하루 나는

바람이 되고

물이 되어 보련다

유수 세월

세월아 세월아

유수 같이 가든지

파도 같이 가든지

나는 바쁘니

꾀이지 말고

네 맘대로 가려무나

사랑하고 싶은 마음

온 세상을 다 덮고도 남는
저 하늘같이
이 세상 모든 것을
다 사랑하고 싶은 마음은
너무나도 큰데
내 마음이 너무 작아서
그리움만 안은 채
저 하늘 넓은 품에
내가 안긴다

뻐꾹새

뻐꾹 뻐꾹 뻐꾹새

꽃피는 봄이 오면

서울에 공부하러 간

친구 생각에

뻐꾹 뻐꾹

그리움을 토해 내는 뻐꾹새

눈이 빠알갛도록

울어 버리네

싸리꽃 피는 칠월

싸리꽃을 따라

싸리꽃을 따라 산에 오르면

골짜기 산 샘물 조잘조잘

흰 구름 하늘가에 흐르고

산비탈 줄줄이 칡넝쿨

보랏빛 칡꽃이 주렁주렁

파아란 잎 사이사이

연분홍 싸리꽃이 함박

꽃향기에 취해

끊임없이 노래하는 산새들

신선인들 부러울 리 있겠는가?

청포도

세월이야 가든 말든

마알갛게 익어가는

청포도알 따 먹으며

흰 구름 흘러가는

파아란 하늘에

동심의 꿈을 그려 보자꾸나

엄마의 자장가

자장 자장 자장자장
우리 아가 잘도 잔다
저 하늘의 별을 따다 줄까나
저 하늘의 달을 따다 줄까나
우리 아가 예쁜 아가
잘도 잘도 잔다

자장 자장 자장자장
우리 아가 잘도 잔다
꽃밭의 예쁜 꽃을 따다 줄까나
꽃밭의 향기를 따다 줄까나
우리 아가 예쁜 아가
잘도 잘도 잔다

나의 노래

서늘바람 스치고 지날 때
노을이 물든 서쪽 하늘
예쁜 그림 하나
예쁜 시 한 줄 새기어 놓고
나는 노래하네
아름다운 이 세상
영원하라고…

어버이 은혜

높고 높은 하늘이라
말들 하지만
나는 나는
높은 게 또 하나 있지
낳으시고 기르시는
어버이 은혜
푸른 하늘 그보다도
높은 것 같아

천지가 변한다 해도 영원히 변치 않는 것은 어버이 은혜뿐

서해안 바닷가

– 꽃지 해수욕장에서

파란 솔바람 솔 향기
바닷물 밀려오고 밀려간
시원한
바닷바람
바다 향기
아침 갈매기 먹이 찾아
종 종 종
아이들은
소라 껍질 조개 껍질
한 줌 주워들고
기쁨이 가득

숲 속의 아침

산은 청산

숲은 푸른 숲

이른 아침

잠에서 깨어난 안개구름

산 위로 오르고

산토끼 산 샘물 한 모금

오물오물

아롱다롱 노오란 다람쥐

요리조리 뛰어다니며

늦잠자는 친구들 깨우기 바쁘고

산새들 이쪽저쪽에서

호~호~호이 호이

아침을 깨운다

연꽃

그 누구의 손길도 닿지 않는
연못 물 위에 떠서
단 하나의 꽃대로
단 하나의 꽃송이로
오직 하늘을 우러러
피고 지는 고귀함이여

우도 바다

- 제주 여행에서

하늘이 바다인지
바다가 하늘인지
옥돌같이 파아란 하늘색 바다
그 누가 그렇게
쉴 새 없이 흔들어 놓는 것일까
물고기들 모두가
멀미할 것 같은데
잠수함 타고 보는 바닷속은
엄마 품 속같이 평온한데
그런데 바깥세상은
왜 그리 멀미나게
어지러운 것일까

명가수

무더운 여름날의 한낮
푸른 나뭇잎 속에서
쏟아지는
청량제 같은 매미 소리
어느 명가수의 노래에
비길쏜가…
듣기만 해도
절로 절로
시원해지네

초대장

사랑하는 내 새끼들 오 남매

특별계획 어린이날

초대장을 띄운다

장소는 아침 고요 꽃동산

김밥, 림스치킨, 과자, 음료, 커피

준비는 다 됐으니

아이들 모두 데리고 모이자꾸나

계곡 물가에 자리를 펴고

꽃구경하다 땀 나면

산 샘물에 손 담그고

푸른 잎 사이 푸른 바람

꽃동산 꽃 바람

모두 모두

친구 되어 보자꾸나

새벽하늘

새파란 실비단 새벽하늘
별꽃이 반짝반짝
밤새워 노래 연습하는
애기 귀뚤이
닭 울음소리에
기울어 가는
하얀 달밤이
마냥 아쉽기만 하네

게

바닷물이 밀려간 뒤
옆으로만 가다 가다
솔밭으로 들어가버린
게 한 마리…
어찌 바다를 찾아갈 것인지
앞을 보고도
옆으로만 가는 게 심사가
참 딱하구나

여름 그리고 가을

장맛비 끝나고 파란 하늘
별빛이 빛나는 밤
과꽃 피는 꽃밭에
귀뚜라미 소리
지루하던 더위도
한 걸음씩 물러간다
빨리도 눈치챈 서늘바람
빨리도 빨리도
불어온다

선물

도서 상품권

생일 날의 좋은 선물

서점에 들러

시집 한 권 골랐네

박목월 시인님의

'나그네'

조용한 시간

시를 읽으며

차 한잔 드리우고픈 건

마음뿐입니다

아람꽃

벽초지 문화 수목원에
꽃구경 간 어린이날
손녀딸 아람이 선물로
작은 화분 하나 받아왔네
이름 모르는 연분홍 초롱꽃
아람이 선물이기에
아람꽃이라 불러준다

가정

가정이란 울타리 안에

아빠

엄마

오빠

언니

동생

나

그리고 예쁜 강아지 꼬마

뒤뜰엔 꽃과 나무들

나비, 새들

서로서로 사랑 주고 기쁨 주는

가정이란 울타리 안에 한 가족

행복이 가득한 우리 집

나이

파란 하늘

꿈을 먹은 내 나이

세월이 꼬인다

따라갈 이 있겠소

이 전에도

지금도

이후에도

열일곱 살 내 나이

마음 나이

내일

어제의 내일은 오늘
오늘의 내일은 내일
내일의 내일은 내일
또 내일 또 내일
내일은 날마다의
내일일 뿐
보이지 않는 도깨비
같은 놈

보물

바꿔 바꿔 엿 바꿔
엿 가위 치는
엿장수 아저씨 리어카에
실려 가는 재봉틀
몇 푼 주고 바꿔서
기름 치고 닦고 닦아
밤새워 삯바느질하고 또 해
아이들 학자금 해결하고
이렇게 지난 시간들
지금은 머어언 옛이야기

산이 날 에워싸고

박목월

산이 날 에워싸고
씨나 뿌리며 살아라 한다.
밭이나 갈며 살아라 한다.

어느 짧은 산자락에 집을 모아
아들 낳고 딸을 낳고
흙담 안팎에 호박 심고
들찔레처럼 살아라 한다.
쑥대밭처럼 살아라 한다.

산이 날 에워싸고
그믐달처럼 사위어지는 목숨
그믐달처럼 살아라 한다.
그믐달처럼 살아라 한다.

박목월 시인님의 시를 읽다. 내 마음도 함께 자연 속에 잠겨 보다.

산

흰 구름도 두둥실

쉬었다 가는 큰 산들

두 팔 벌려 어깨동무하고

작은 산들 품어 안고

나무들 키워

시원한 바람 불어

꽃피고 잎 피고 열매 열고

날마다 먹고 노래하고

잠자는 새들의 고향

비가 와도 천둥 쳐도

걱정 없다고

저 하늘 별들이

숨어질 때부터

날마다 노래만 하는

이름도 성도 모르는 산새들

산에 살아

산새라 부른다

질문

잡히지도 보이지도 않는 세월
구름처럼 물처럼
흘러가는 시간들
나는 어디까지 왔는가?
내 남은 시간들
어떻게 써야 할까
무엇을 남겨야 할까
나에게 묻는다
나는 곧잘
이런 질문을 해 본다
시간은 기다려 주지 않는다

가는 길

달이 가나?

구름이 가나?

그도 그렇고

해가 가나?

날이 가나?

그도 그렇고

물 흐르듯

흐르는 세월 속에

그림자처럼

가는 인생

사막의 꽃

전쟁이 몇 굽이 지나고 난 뒤
복구되는 시간은 길고
생활은 모두가 어려웠다
그런 환경 속에서도
온 가족 모두가
사막의 꽃을 피우기 위한
노력 하나로
부유한 가정
공무원 가족을 이루었다

위대한 유산

이 세상 무엇보다
귀한 말씀

정직하라고
사랑하라고
배려하라고

일러주신 귀한 말씀
아빠가 물려 주신
위대한 유산입니다

빼앗긴 밥그릇

어느 날 아침밥을 먹을 때
큰 푸대 하나를 든 구장 아저씨와
총대를 멘 일본 순사가
놋그릇을 모으러 왔다 한다
어른들은 아무 말 없이
놋그릇을 다 내어 준다
내 밥그릇도
밥을 쏟아놓고 가져간다

나는 막 울면서

다섯 살 작은 주먹으로

일본 순사 다리를 막 때렸다

훗날 학교에 다니면서

3·1 운동 만세를 부른

유관순 누나를 알고

그때의 그 일을 알게 되었다

큰 언니

– 칠순 생일날

봄날의 내 생일
가족들 모두 모두 모였건만
먼저 간 큰 언니의 빈 자리
내 생일이 되면 늘
파아란 솔잎 뽑아
송편 떡 만들어 주던
큰 언니 생각에
참았던 눈물을
흘리고야 말았습니다

자연

흙 한 줌
돌 하나
풀 한 포기
나무 한 그루
물소리
바람 소리
새 소리
이 자연 속의 나
내 너희를 사랑하니
너희 또한
나에게 기쁨 주네
우리의 만남이
이 또한
자연이라

낙엽을 쓸면서

밤새 바람 불어

떨어진 낙엽들

아침마다 쓸어

나무 밑에 모아 준다

봄이 오면 더 많은 나뭇잎들

무성하게 피어나고

예쁜 꽃도 피어나고

과일도 열고

시원한 바람도 불어주고

새들도 매미도 찾아들어

고운 노래 불러주니

이 모두가

자연의 선물이라

기러기

구름 한 점 없는 빈 하늘

갑자지 왁자지껄

무슨 일이 났는가 쳐다보니

기러기 떼 줄지어 끼룩끼룩

내 엄마 계신 나라

찾아가는 긴 여행길

행여 길 잃을까

앞에서 끼룩 뒤에서 끼룩

끼룩끼룩 줄 맞추어

고향 찾아가는

기러기들의 여행길

생각의 보너스

생각은 누구에게나
주어진 특권
말하기 전
무슨 일이든 하기 전
누구든 사용할 수 있는
생각의 보너스는
제일의 안전입니다

피서 (2)

구름도 쉬어 넘는

고대산 깊은 계곡

산새들 호 호 호 호이 호이

어서 오라 반기며

칠월의 한낮 더위

맵다고 맴 맴 매~앰

울어 젖히는 매미 소리

산 샘물에 수박 한 통 담그고

손 씻고 발 담그니

더위가 어디론가

날아가 버렸네

코스모스

도로변에 줄지어 선

가녀린 코스모스

어서 오라 반기며

안녕 빠이빠이

짧은 만남의 이별이지만

두고두고 아쉬운

코스모스 연정

모밀꽃 필 무렵 (2)

– 봉평 모밀꽃 축제에서

봉평 모밀꽃 필 무렵
징검다리 건너
모밀꽃 사잇길로
올라가다 뒤돌아보면
눈 내린 벌판같이
하얀 모밀꽃 벌판
산 밑에 물레방아 돌고 돌아
그 옛날
모밀꽃 사랑 이야기 들려준다
구경하던 사람들
그 옛날
주인공의 마음도
사진 속에 넣는다

비취새

비취 비취 비취새
뒤뜰 자두나무 잎새를
오르내리며
맑은 음성의 예쁜 노래
자꾸자꾸 듣고파
날마다 날마다
너를 너를
기다려진다

가을 산

가을 산은

빨강 노랑

고운 단풍 옷 입고

들꽃들은 바람결에 한들한들

아롱다롱 노오란 다람쥐

물가 바위 위를 오르내리며

숨박꼭질 한다

파아란 하늘과 하얀 구름이

물속에 담겨

물은 하늘 위를 흐르네

입추

입추 지난 지 며칠
계절은 변함없이
과꽃이 피고
담 밑에 귀뚤이
또르 또르 또르르
가을이 왔음을 알린다
기온은 여름
바람은 서늘바람
별들이 소곤소곤
가을 이야기

연습장

허공은 연습장
손가락은 연필
값도 없고 사지 않아도
아무 때나 어디서나
내 맘대로 연습장
쓰고 쓰고 또 쓰고
지우지 않아도
무한 연습장

여행길

주소도 번지도 없는 여행길

엄마 손 놓고

홀로 홀로

떠나야 하는 단풍잎

바람따라

이리저리 헤매이는 단풍잎

길 잃을까 염려되어

하늘의 달빛 별빛

가로등 불 밝혀 주네

고구마

고구마 달콤한 맛

고구마를 먹을 땐

생각이 난다

겨울바람 춥다고

문풍지 드르릉

찐 고구마 마알간 쌀엿

손바닥에 얹어 탁 깨어 먹던

달콤한 맛

봄, 여름, 가을, 겨울

굽이굽이 돌고 돌아

지금은 옛 이야기

고구마를 먹을 땐

생각이 난다

단풍잎 편지

빨강 노랑 예쁜
단풍잎 편지
우표도 주소도 없는
단풍잎 편지
어디로 갈까
누구에게로 갈까
가다가다
앉아 쉬었다 가자
저들만의 속삭이는
이야기

소요산

내 고장 자랑 소요산

봄에는 꽃동산

여름엔 더위를 식혀주는

폭포수 내리는 시원한 물소리

산소가 가득한 울창한 숲

가을엔 아름다운 단풍

겨울엔 눈 경치

사철의 빼어난 경치

내 고장 소요산만이 간직한

자랑이라네

으뜸이라네

박새

빨간 단풍잎 나무에

박새 한 마리

예쁜 단풍잎 한 잎 똑 따 물고

어디로 날아가나

책갈피에 넣어 간직해야 하는데

그건 그건 쓸데없는 걱정

땅바닥에 쌓여진 단풍잎

전부 다 책인걸

물고 간 단풍잎

차곡차곡 쌓아 놓았다가

심심할 때

한 잎 두 잎 뒤적이며

즐거운 날들의 추억들을

노래하는 박새

산책길

단풍나무 사잇길

조용한 산책길

가다 보면

청솔모도 만나고

새들도 만나고

물소리도 만나고

떨어지는 단풍잎도 만난다

나도 몰래

머리에 얹혀진 단풍잎

수줍어 수줍어

빨개진 단풍잎

말이 없네

단풍잎

바람 타고 날리는

빨강 노랑 단풍잎

물속에 비친 제 그림자 보고

빠져 버린 단풍잎

여울물에 맴돌다 맴돌다

흘러 흘러 모여 모여

흐르는 물소리

자장 노래에 그만

잠들어 버리고 마네

저금통

뚱뚱보 저금통

굶을 때나 먹을 때나

있을 때나 없을 때나

항상 웃는 모습

네 모습

꼭 필요할 때

도움 주는

네 이름은

뚱뚱보 저금통

생각의 중요성

세상만사 생각할 나름
좋은 생각 가지고 보면
모든 것이 좋은 결과
안 좋은 생각은
모든 것이 안 좋은 결과

샘물 사랑

엄마의 사랑은

샘물 사랑

평생을 퍼주고 퍼주어도

넘치는 사랑

샘물 사랑

국화

한 송이 국화꽃을 피우기 위해
봄부터 물 주고
가꿔온 숱한 날들
찬 바람 불어 서리 내리면
펴 보지도 못하고 얼을까 봐
못내 애타는 마음
내가 철이 없는 것일까
네가 철이 없는 것일까
어찌하여 이리도
애간장을 태우느뇨

작별

가을이란 술에 취해 버린
빨알간 단풍잎
안녕이란 말 대신 빨알간
손 흔들어 작별 인사를 하며
한 잎 두 잎 떨어져 간다
작별이란 웬 말인가?
멍청이가 되어 버린 채 바라만 볼 뿐
마지막 남은 잎새 하나
떨어지고 나면
빨강 노랑 단풍잎 이불 덮고
지난 날들을 꿈꾸며
나무들은 잠을 잔다
따뜻한 봄바람 불어 깨일 때까지
부디부디 안녕
안~~~녕

겨울나무

눈꽃이 하얀
겨울나무 가지 위에
까치가 앉아 울고 있네

발 시려 울고 있을까
배고파 울고 있을까
산고개 넘어
외할머니 생각에
울고 있을까

지나는 바람이 살짝
귀 곁에 전해 준 이야기

내일은 따뜻한 햇볕이
하얀 눈 녹여줄 거라고…

차

차 한잔의 여유로움

차 한잔의 즐거움

즐거운 시간들 엮어서

행복한 삶을…

고향 눈

하얀 벚꽃이 지던 날같이

고향에 하얗게 눈 내리던 날

바둑이 함께 뛰며

바둑이 발자욱

내 발자욱

마당 가득

마당가에 서 있는

하얀 눈사람

언제나 말이 없는 너

성냄도 욕심도 없는

네 마음 하얀 마음

눈사람 마음

눈사람 삼총사

흰 눈이 펑펑
내리고 난 겨울날
뚱뚱보 눈사람 만들어
솔가지 꺾어 솔잎 머리 만들고
태극기 꽂아주어
바람에 펄럭인다.
이 몸이 녹고 녹아
물이 될지라도
우리는 자랑스러운
눈사람 삼총사

호빵

겨울바람 추워서

호~호~호

따끈따끈 호빵

뜨거워서

호~호~호

두 손이 꽁꽁

손 시려

호~호~호

12월

돌아보면 어느새

저만치 가 버린 날들

12월의 마지막 달을 보내면서

바쁘게만 살아온 날들

12월 남은 마지막 한 날도

가는 세월 속에

묻혀 버리고 마는 아쉬움뿐

손

손가락 다섯 개
작은 손
눈도 귀도 없지만
그 어찌 내 마음
빨리 빨리 알아서
말하지 않아도
밥 다 먹여 주고
글씨 다 써 주고
모든 거 다 해 주는
작고도 큰 충신이다

초겨울

단풍잎이 지기도 전

초겨울 신고식

이다지도 요란할꼬

천둥 치고

함박눈 펑펑 쏟아져

갑자기

눈 속에 빠져 버린

한겨울이 되어 버렸네

겨울 호수

가을 단풍잎 다 떨어진

겨울 호수

청둥오리 떼 한가로이

물 위에 떠다니고

호숫가 흰 갈대꽃

손 흔들어 반기네

김장

세월이 간 것일까
내가 간 것일까
올가을도 어김없이
입동이란 계절이 다가온다
아이들은 그저
가만히만 있으면 된다고 하더니
어느 날 김장했다고
김치 한 통을 가져왔다
해마다 하던 짓을 안 하고 보니
왠지 허전한 것 같아
배추 한 통 무 한 개로
나박김치 두 통 담가 놓고는
김장했다 하고 말았다

선구자

한 시간 먼저
마을 사람들 깨어
무성한 풀들 깎아
퇴비장에 모아
자연 비료 만들고

아이들 이름은 다 똑같은 이름
남자는 언놈이, 돌쇠, 장수
여자는 언년이, 간난이

마을에 회관 지어
야간 공부 가르쳐
5일 장도 볼 수 있고
아이들 예쁜 이름 지어
학교에 보내고

이렇게

농촌 마을을 개척하신

울 아버지

아버지!

그 이름 위대한 선구자

무궁화

한여름 더위 속에서도

피고 피고 또 피는

무궁화꽃

비바람 속에서도

한 점 흩어짐 없이

꽃잎을 꼭 다물어 모아지는 꽃

무궁화꽃

우리나라 꽃

함정

술 욕심
담배 욕심
돈 욕심
소중한 생명마저도
탐욕의 함정에 빠져 버린
안타까움이여!
어리석음이여!

등대

공중에는 해와 달이
새들의 길을 밝혀 주고

바다에는 등대가
뱃길을 밝혀 주고

세상에는 진리가
사람들의 길을 밝혀 준다

어린 날의 추억들

매화 꽃송이같은

흰 눈송이

지붕에도 나무에도

산에도 들에도

하얀 나라 눈 나라

어쩌면 이렇게도 조용할까

마당가에

눈사람 몇 개 만들어 놓고

말 없는 눈사람들과

혼자서 이야기도 하며

즐거워했던

어린 날의 추억들

희망, 꿈, 힘

아무도 모르는
내 작은 생각 안엔
희망이 있지요

아무도 모르는
내 작은 주먹 안엔
꿈이 있지요

희망, 꿈, 힘
이 길은 나의 길
승리의 길

위문편지

눈이 오나 비가 오나
전선을 지키는 국군 아저씨
열심히 공부하여
함께 통일을 이루자고 하신 그 말씀

압록강 두만강 물은
흘러 흘러 바다로 하나 되건만
삼팔선이 고장이 났는가
녹이 슬었는가

통일이여 어서 오라
봄이 올 때 함께 오라

사랑

아침이 밝아 오면

온 세상

산이나 골짜기나

따뜻한 사랑의 빛으로

가득 가득 채우고

하루가 저물 때면

하루가 저물 때면

사랑의 열기

붉은 노을빛으로 남기고

숨어 버리는 해야 해야

금붕어

어항 속의 금붕어

오늘도 하루길

바쁘다 바빠

누굴 찾아 그리도 바쁜 것일까?

두고 온 고향 친구들

보고파라 보고파

눈물

꽃밭에 물을 주다
꽃가지 하나 분질렀네
꺾어진 꽃가지에
눈물이 주르르
어쩌나 어쩌나
나도 같이 눈물을
흘리고야 말았다네

가는 길

물소리 새소리 따라

꽃들은 피어나고

바람아 구름아

너 가는 곳은 어드메뇨?

가도 가도 끝없는 길

잠시 쉬었다 가려무나

마무리 하면서

나 어린 시절

할머니 무릎 베고

옛 이야기 듣던

그때는 옛날

밥 먹기조차도 바쁜 요즈음

번개 치듯 바쁜 시간들 속에서

할머니 생각이 날 때면

잠깐

이 책 속에서 만날 수 있다고

몇 자 적어본 것이다.

2017년 3월

박호빈